3 1994 01467 1017

7/12

SANTA ANA PUBLIC LIBRARY

D1010630

A Rookie reader® español

La mariquita Lara

J SP ~~EASY READING~~ FLORIE,
C. BEG READER
Florie, Christine
La mariquita Lara

$22.00
CENTRAL   31994014671017

Escrito por Christine Florie
Ilustrado por Danny Brooks Dalby

Children's Press®
Una división de Scholastic Inc.
Nueva York • Toronto • Londres • Auckland • Sydney
Ciudad de México • Nueva Delhi • Hong Kong
Danbury, Connecticut

Estimado padre o educador:

Bienvenido a Rookie Ready to Learn en español. Cada Rookie Reader de esta serie incluye páginas de actividades adicionales ¡Aprendamos juntos! que son apropiadas para la edad y ayudan a su niño(a) a estar mejor preparado cuando comience la escuela.

La mariquita Lara les ofrece la oportunidad a usted y a su niño(a) de hablar sobre la importancia de la destreza socio-emocional de la persistencia. He aquí las destrezas de educación temprana que usted y su niño(a) encontrarán en las páginas ¡Aprendamos juntos! de *La mariquita Lara*:

- contar
- similar y diferente
- vocabulario

Esperamos que disfrute esta experiencia de lectura deliciosa y mejorada con su joven aprendiz.

Library of Congress Cataloging-in-Publication Data

Florie, Christine, 1964-
  [Lara Ladybug. Spanish]
  La mariquita Lara/escrito por Christine Florie; ilustrado por Danny Brooks Dalby.
    p. cm. — (Rookie ready to learn en español)
  Summary: A ladybug searches all over for her lost spots.
  ISBN 978-0-531-26115-6 (library binding) — ISBN 978-0-531-26783-7 (pbk.)
  [1. Lost and found possessions—Fiction. 2. Ladybugs—Fiction. 3. Spanish language materials.] I. Dalby, Danny Brooks, ill. II. Title.

PZ73.F58 2011   [E]—dc22   2011011427

Texto © 2012, 2007, 2005 Scholastic Inc.
Illustraciones © 2012 Scholastic Inc.
Traducción al español © 2012, 2007 Scholastic Inc.
Todos los derechos reservados.
Imprimido en China. 62

Reconocimientos
© 2005 Danny Brooks Dalby, ilustraciones de la cubierta y el dorso, páginas 3–29, 30 mariquitas, 32.

SCHOLASTIC, CHILDREN'S PRESS, ROOKIE READY TO LEARN y logos asociados son marcas comerciales registradas de Scholastic Inc.

1 2 3 4 5 6 7 8 9 10 R 18 17 16 15 14 13 12 11

La mariquita Lara
perdió sus manchas.
¿Dónde podrán estar?

3

¿Las dejó en el jardín?
Vamos a buscar.

La mariquita Lara
perdió sus manchas.
¿Dónde podrán estar?

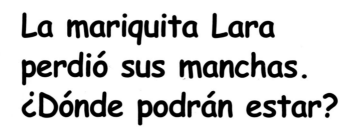

¿Las dejó junto al lago?
Vamos a buscar.

11

La mariquita Lara
perdió sus manchas.
¿Dónde podrán estar?

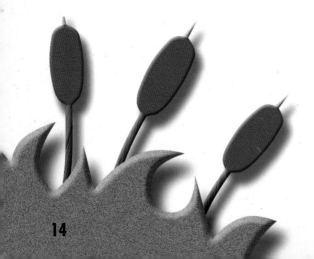

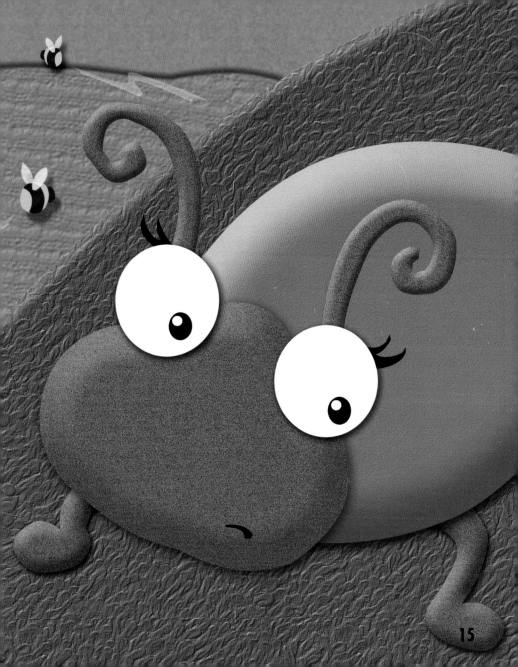

¿Las dejó bajo el árbol?
Vamos a buscar.

Lara descansa un rato.
¿Y qué es lo que ve?

¡Son sus manchas!

Uno

Dos

Tres

¡Felicidades!

¡Acabas de terminar de leer *La mariquita Lara* y aprendiste lo importante que es no rendirte cuando algo significa mucho para ti.

Sobre la autora

Christine Florie es una escritora y editora de libros para niños. Cuando no está editando o escribiendo, se divierte viajando, visitando playas soleadas y pasando tiempo con su familia y amigos.

Sobre el ilustrador

Danny Brooks Dalby ha dibujado toda su vida. Su lema es: "Lee todos tus libros, cómete todos tus vegetales y quiere a tu mamá".

La mariquita Lara

¡Aprendamos juntos!

Soy la mariquita

(Cantar la tonada de "The Wheels in the Bus").

Las mariquitas tienen
seis patitas,
dos antenitas,
un cuerpito.
Las mariquitas tienen
dos alitas
y se van volando.

Encuentra las diferencias

Lara tuvo que buscar con cuidado en diferentes lugares antes de encontrar sus manchas. Ahora tú mira cuidadosamente estas dos imágenes. Señala las tres cosas que son diferentes en la segunda imagen.

CONSEJO PARA LOS PADRES: Pregúntele a su niño(a) si recuerda alguno de los lugares a los que Lara fue antes de encontrar sus manchas. Esto le puede llevar a una conversación sobre los diferentes ambientes que su niño(a) experimenta a diario: su habitación, su patio, su vecindario. Juntos, hagan una lista de las observaciones que ambos tienen sobre esos diferentes lugares.

¿Cuántos?

Lara está feliz porque encontró sus manchas.
Lara se divierte contándolas: 1, 2, 3. Tú puedes divertirte contando las cosas que hay en esta imagen.

1. Cuenta cuántas hay.
libélulas

2. Cuenta cuántas hay.
flores

3. Cuenta cuántas están zumbando por ahí.

abejas

4. Cuenta cuántas 🌥 hay en el cielo.

nubes

Objetos perdidos

La mariquita Lara perdió sus manchas. Buscó y buscó hasta que las encontró. Sigue el camino con tu dedo para ayudar a la mariquita Lara a encontrar sus manchas.

CONSEJO PARA LOS PADRES: Después de ayudar a Lara a encontrar sus manchas, aproveche la oportunidad para hablar con su niño(a) sobre cómo se sintió Lara cuando perdió algo y luego lo encontró. Pregunte: "¿Cómo crees que Lara se sintió cuando perdió sus manchas?". A lo mejor quiere conversar sobre cómo Lara no se rindió y al final encontró sus manchas.

Mariquita impresa con papa

Crea tu propia mariquita con manchas especiales.

VAS A NECESITAR: una papa cortada por la mitad

papel pintura para dedo o marcadores con colorante para comida

1

Moja la mitad de la papa en la pintura o colorante rojo. Presiona la papa sobre el papel para hacer una impresión del cuerpo de la mariquita.

2

Cuando se seque la pintura, dibuja una línea por el medio, para dividir las dos alas.

3

Decora cada ala con tantas manchas como años tú tengas. Dibuja una cara y añade las antenas.

31

Lista de palabras de La mariquita Lara

(35 palabras)

a	en	las	son
al	el	lo	sus
árbol	es	manchas	tres
bajo	estar	mariquita	un
buscar	jardín	perdió	una
dejó	junto	podrán	vamos
descansa	la	que	ve
dónde	lago	qué	y
dos	Lara	rato	

CONSEJO PARA LOS PADRES: Pregúntele a su niño(a): "¿Con qué letras comienzan las palabras *la y Lara*?". Juntos, encuentren otras palabras que comiencen con la letra *L* en la lista de arriba. Escriba esas palabras en una hoja de papel aparte. Busque por la casa o en la habitación de su niño(a) más cosas que comiencen con L. Añada esas palabras a la lista. Luego añada otras palabras con L a la lista: *león, libro, luna*, etc.